Erwin Strittmatter
Flikka

Erwin Strittmatter

Flikka

Eine Geschichte

Aufbau-Verlag

Für Doktor Schwarz, Doktor Sperlich und alle meine Freunde vom Rostocker Zoo

Monatelang wars mir, als hätte mich nun doch das Alter erreicht, denn es war nichts mehr von dem Bestreben in mir, aufzuschreiben, was mir äußerlich und innerlich geschah. Ein Stein war in das Quelloch des Brunnens gefallen und hatte es versetzt.

Ich war traurig, denn ich hatte gehofft, die Schreiblust würde bis an mein Lebensende in mir sein, aber was ist eine kleine Menschenhoffnung gegen den Willensstrom des Lebens.

Nun aber hocke ich an einem Novembermorgen in meiner Arbeitsstube und muß schreiben, und der Drang, wieder zu schreiben, kommt von Island her.

Im Realienbuch für Berlin und Vororte von 1908 vermelden die preußischen Geographie-Gelehrten, die Bewohner Islands wären Eskimos, trieben Schafzucht und hielten sich auch einige Pferde. Auf den Felshängen wuchere das Isländische Moos und werde von den *Renntieren* abgeweidet ...

Im Realienbuch, Ausgabe 1913, also fünf Jahre später, wird vermeldet, die Isländer seien Normannen, ihre Lieblingsspeise sei das Isländische Moos, sie betrieben *Renntierzucht*, und von Pferden ist nicht mehr die Rede.

Und das mußte ich in der Schule lernen, und diese und andere Mißlehren ließen allmählich meine Skepsis gegen Schulbuchgelehrte und gegen die Unantastbarkeit von Schulbüchern laut werden.

Es waren schließlich die Dichter, von denen ich später etwas Wirkliches über Island, seine Menschen und seine Tiere erfuhr. Von ihnen kriegte ich zu wissen, daß Isländisches Moos kein Fest-Essen für die Isländer, sondern bitteren Tee abgibt, Tee, mit dem mein Großvater glaubte, die unglaublichsten Krankheiten aus sich und aus uns beizen zu können.

Und ich erfuhr, daß die Renntiere (mit Doppel-n), die die Isländer angeblich züchten, Pferde und nicht jene Hirsche sind, deren Zucht eine Sache der Lappländer ist.

Von Dichtern wie Laxness und Fleuron erfuhr ich auch etwas über das Wesen, über die Härte, die Genügsamkeit und die guten Reiteigenschaften der Islandpferde und daß das Leben der Islandleute über Jahrhunderte ohne die Islandponys nicht möglich gewesen wäre. Kurzum, die Dichter, nicht die Geographen und Zoologen, machten mich, der ich den Pferden verfallen bin, begierig auf die isländischen Ponys und ihre Leistungen, und ich war drauf aus, einmal etwas mit einem Islandpony zu tun zu kriegen.

In meinen Träumen ritt ich im Tölt, in einer Gangart, die manchen Islandponys eigen ist, durch unsere Wälder.

Die ersten Islandponys kamen in den zwanziger Jahren übers Meer nach Deutschland. Es waren so wenige, daß es mir nicht einmal in meiner Farmer- und Tierwärterzeit gelang, eines zu sehen. Erst nach dem großen Kriege wurden mehr Islandponys in die westliche Republik eingeführt, aber Ponys gaben keinen hinreichenden

Grund für eine staatliche Erlaubnis her, nach Island zu reisen.

Von Zeit zu Zeit wurden schließlich auch bei uns in Zeitungsinseraten Islandponys angeboten. Ich fuhr hierhin und fuhr dorthin, um sie mir anzusehen, doch die angepriesenen Tiere waren keine Islandponys. Die Schacherer und Kleinhändler erklärten, es wären Ponys im Isländer-Modell, das heißt, es waren Shetlandponys, die man durch das Einkreuzen von Kleinpferden vergrößert und auf einen Meter und dreißig Zentimeter Widerristhöhe gezüchtet hatte.

Ich winkte ab: Nein, Leute, nehmts mir nicht übel, sagte ich, euer Angebot ist unredlich. Auf Wiedersehen!

Die Schacherer protestierten und beharrten auf *Island-Modell*, und Klugscheußer war das mildeste Schimpfwort, mit dem sie mich befleckten.

In einem Falle lief das Tier, das ich mir ansehen fuhr, auf einer leeren Scheunentenne umher, eine Rappstute mit einer *Laterne.* Bei einem Pferd, das eine *Laterne* trägt, ist die Kopffront von der Stirn hinunter bis zum Maul weiß, und bei einem Rappen wirkt das, als wäre sein Kopf gespalten und als sähe man dem Tier bis in die weiße Seele hinein.

Die Stute war außerdem ein *Garderobenständer*, so nennen Pferdemänner übermagere Pferde, an deren herausgehungerten Hüften man Jacke und Weste aufhängen kann.

Während ich mich mit dem Schacherer über die Stute unterhielt, fraß sie vor meinen *sichtlichen Augen* eine Tageszeitung mit Inseraten- und Kulturteil auf. Von daher gesehen, war die Stute wirklich eine Isländerin, denn denen sagt man nach, daß sie sich in Notzeiten von faulem Seetang und gedörrten Klippfischen ernähren.

Alsdann erfuhr ich durchs Pferdemänner-Telefon, auf der Insel Rügen gäbe es eine wirkliche Islandstute. Ich fuhr auf die Insel. Der Besitzer der Stute wohnte in einer einödigen Gegend. Er empfing mich mißtrauisch, doch mein begeistertes Begehren, die Stute sehen zu dürfen, taute ihn auf. Er führte mich in die Dünen hinter seinem Gehöft, und dort stand die Stute und knabberte Strandhafer-Stengel, eine isländische Schimmelstute.

Ich erkannte ihre Echtheit an der Mähne aus dichten, harten Haaren, die den Hals einseitig nur bis zur Hälfte bedeckte, eine Mähne, die sich nach unten hin nicht verdünnte, eine Mähne, die den Eindruck erweckte, als wäre sie künstlich in ihre Form gebracht.

Die Schimmelstute stand auf dem weißgelben Dünensand vor dem Meeresblau und vor dem Blau des Himmels. Meeresblau und Himmelsblau? Bezieht das Meer sein Blau nicht vom Himmel? Doch, doch, aber die Wellen walken es, und die Stute wirkte vor diesem Hintergrund schöner als schön. Man muß veranschlagen, daß Lebewesen und Dinge, um schön zu sein, auch auf ihre Umgebung angewiesen sind.

Der Sohn des Stutenbesitzers, ein Seemann, hatte das Pony von Island mitgebracht, um seinem pferdenärrischen Vater eine Freude zu machen. Son gooden Jung is dat, sagte der Alte. Er trug unterm Kinn eine Schifferkrause, die in ihrer Struktur der Mähne seines Ponys ähnelte.

Wie die Freimaurer und die Mitglieder anderer Geheim- und Gemeinbünde erkennen die Pferdeanbeter einander durch Schwingungen, die wie Sympathie und Antipathie hin und her flitzen. Der alte Fischer gestand, daß das Pony ihm etwas Überdiesieges und ein glatter Luxus sei, und da glaubte ich die Kerbe zu sehen, in die ich meinen Wunsch eintreiben konnte, die Ponystute zu kaufen.

Verkaufen? fragte er. Wie kannst du als Pferdefreund, der du bist, eine solche *Krimmnalität* von mir erwarten? Das Pony war für ihn was Ähnliches wie die Porzellanhunde, die auf den Familienvertikos befahrener Schiffer stehen. Er *ssstehe*, versicherte mir der Alte, tagsüber mehrmals hier in den Dünen und bewundere das Pony, wie ein Galeriebesucher eine Plastik bewundert. Zuweilen verschaffe er sich Haferflocken, denn von nichts komme nichts, auch *keine Schönheit nich.* Das kannst doch verssstehn, sagte er vertraulich.

Und wir redeten und schwärmten. Die Ponystute stand nur zu Anfang bei uns, dann entfernte sie sich so weit, als es ihre klirrende Tüderkette zuließ.

Man konnte ihr ankennen, daß ihr die Einsamkeit lieber war als wir Schwadroneure, die wir nichts zum Knabbern in den Taschen hatten.

Der Alte sah mich von der Seite an und sagte: Seggen wie so: Wenn ick all dot bin, sall niemand as du dat Pony hebben, und du sollst es in deine Bewunderung nehmen! Dabei sah er mich an wie der Vertreter einer Lebensversicherung: Mußt natürlich aufpassen, sagte er, dat du wat länger leben deist as ick!

Und wieder ein Inserat in der Züchterzeitung: Isländerhengst zu verkaufen. Besichtigungsmöglichkeit auf der Hengstkörung in Zerbst.

Der Besitzer, ein langer Kerl, dessen Gesicht Unverschämtheit verstrahlte, fuhr in einem klapprigen Wägelchen aufs Körgelände. Das Pferdchen, der Hengst, ein Scheck, war nicht weniger klapprig als der Wagen, in dessen Scherbäumen das Tier mehr hing als stand. Natürlich war es wieder ein *Island-Modell*, und an Körung war nicht zu denken. Großes Gelächter von den Pferdeleuten auf dem Platz, als der Lange sein Pferdchen vorführte. Mir wars, als ob man auch mich auslachte, und ich machte mich klein und versuchte, mich beim Anblick der ausgezeichneten Shetlandhengste, die vorgeführt wurden, von meiner Leerfahrt nach Zerbst zu erholen.

Einer meiner Lebensgrundsätze lautet: Man muß warten können! Allerdings ist mein Temperament so gelagert, daß es mich zuweilen verführt, gegen diese Lebensregel zu verstoßen, und auch sonst halte ich die Regel nicht immer durch weisen Verzicht ein, sondern weil die Umstände mich dazu zwingen. Man hat seine Schwierigkeiten mit der Weisheit, und nicht selten schauspielern wir sie unseren Mitmenschen vor, und das hinwiederum, um unsere Eitelkeit zu sättigen.

Es ergab sich, daß ich mich von meinem Araberhengst Galba ben Afas verabschieden mußte. Er kam in unseren Stall, als er zwei und ein halbes

Jahr alt war. Und wie ich zu ihm kam, ist eine Geschichte, die ich ein anderes Mal erzählen werde. Als Galba drei und ein halbes Jahr alt war, ritt ich ihn ein. Er wurde unter merkwürdigen Umständen, die auch in die Galba-Geschichte gehören, zum Zuchthengst gekört und wurde der Vater schöner Nachkommen.

Nach fünfzehn Jahren waren die zuweilen willkürlichen Auflagen, die einem *privaten* Hengsthalter von der obersten Pferdezuchtleitung gemacht werden, plötzlich für mich nicht mehr zu erfüllen. Da Galba aber aus der in aller Welt berühmten polnischen Zucht arabischer Pferde stammte, erschien es mir wichtig, ihn für die hiesige staatliche Zucht zu erhalten, deshalb wollte ich ihn den Freunden im Zoologischen Garten von Rostock schenken, die bei uns für gute arabische Pferde zuständig sind.

Wir kamen bei den Übergabeverhandlungen auf uns gemeinsam bekannte arabische Pferde zu sprechen, dann auch auf andere Pferderassen, mit eins auch auf Islandponys. Ich erfuhr, daß man im Zoo seit zwei Jahren isländische Pferde züchte, sogar schon Nachzucht von ihnen habe.

In diesem Augenblick, das gestehe ich, und ihr werdet es billigen, verlor meine Absicht, den schönen Galba zu verschenken, etwas von ihrer Selbstlosigkeit. Ich äußerte vorsichtig meinen Wunsch nach einem Islandpony. Gott, wie vorsichtig und dabei zielstrebig ich bin, wenn es um meinen Geburtsfehler, die Pferdebesessenheit, geht.

Der Doktor, der Leiter des Zoos, und sein Zuständiger für die Pferde, auch ein Doktor, sahen sich an, verständigten sich mit Blicken und stellten, indem sie einander zunickten, eine Zusage her. Es bestünde die Möglichkeit, und so weiter. Und so kamen wir zu unserer Islandstute. Sie war ein und ein halbes Jahr alt, und wir nannten sie Flikka.

Sie war ein Rotschimmel: ich durfte sie mir unter drei Ponyfohlen aussuchen. Flikka war sperrig und sparrig, fast unschön, wie Pferdejährlinge so sind. Man muß gelernt haben, hineinzusehen, um zu erkennen, was aus ihnen werden kann, wenn sie aufblühen, und das tun sie erst, wenn sie etwa drei Jahre alt sind.

Ich wußte, wie schwer es mir fallen würde, mich vom arabischen Hengst Galba ben Afas zu trennen. Mit ihm war ich viele Tausende Kilometer durch Wälder und Felder geritten. Er war auf mich und ich auf ihn eingestellt. Er ging mit mir auf schmalen Stegen durchs Moor. Ich redete sanft mit ihm, und er war willig, ich war so etwas wie sein älterer Bruder. Wenn er an einer Maschine, die er für ein Gespenst hielt, zum Beispiel einen Mähdrescher, oder an einem Waldfeuer stutzte und zwei Schritte rückwärts tat, so brauchte ich meine Stimme nur ein wenig zu steigern, und er ging, wenn auch wachsam, an Gespenstern und Rauch vorbei.

Den arabischen Pferden, deren Vorfahren aus den Wüsten Nordafrikas kamen, ist die Wasserscheu eingeboren. Man muß ihr Vertrauen haben, viel Überredungskunst aufwenden, muß in Gummistiefeln vorweg waten, wenn man ihnen nach großen Gewitterregen im Sommer die Ungefährlichkeit der Pfützen erklärt. Ich wollte, daß Galba auch in unsere Seen gehe. Es wäre da ein leichtes gewesen, ihn zu waschen. Ich verbrauchte viele sanfte Worte und Hartbrotbrokken, bis er den ersten Schritt in einen See hinein tat; erst mit der Vorderhand, dann mit der Hinterhand, schließlich der ganze Kerl, die beiden Kerle, denn ich saß auf dem Hengst, er trug mich, und er war im Wasser bis an die Vorderfuß-Wurzel-Gelenke, und soweit ich deuten konnte, schien er an der Kneippkur Gefallen zu finden.

Ich gab ihm die Zügel hin, und er ertastete und fand mit den Hufen, wo der Seegrund fest genug war, sich und mich am Seerand entlang zu tragen. Das Schilf raschelte, und die Steigbügel klangen von seiner Berührung wie Glasglöckchen an Weihnachtsbäumen. Es gab Stellen, da schlug das Schilf über mir zusammen, und wenn es auf den Herbst zuging, schlug es mich mit seinen braunen Kolben. Die Drosselrohrsänger protestierten, und oft zuckten wir beide zusammen, wenn Stockenten vor uns aufflogen. Wolkenbäusche spiegelten sich im Wasser, und das Wasser war blau und wie ein zweiter Himmel, und weiter draußen fuhren Schwäne dahin, und ich verfiel in einen Sommerrausch und hielt die Schwäne, die über die gespiegelten Wolken glitten, für Getier des Himmels, und alle Dinge des Himmels und der Erde waren aus dem gleichen Stoff und unterschieden sich nur in ihrer Dichte voneinander.

Eines Tages kamen wir an eine Bucht; sie war frei von Schilf, und es war weißer Sand, weithin weißer Sand, auf ihrem Grunde zu sehen. Es schien mir die geeignete Stelle zu sein, den Hengst einmal tiefer als bis an die Vorderfuß-Wurzel-Gelenke ins Wasser zu bringen, doch Galba wollte nicht hinein, wollte überhaupt nicht ins Wasser. Mit viel Überredung von meinem Sattelthron herunter und vielen Hartbrotbrocken brachte ich ihn nur so weit, daß seine Hufe vom Seewasser benetzt wurden. Wie gut erinnere ich mich an die schwarzen Streifen, die das helle Hufhorn durchzogen.

Ich hätte es wissen müssen, daß Pferde keinen blanken Eigensinn entwickeln, daß immer Motive aus der Umwelt auf sie einwirken, wenn sie eigensinnig erscheinen.

Wenn Galba zum Beispiel sein Futter nicht anrührte, konnte ich sicher sein, daß Spatzen, diese Mäuse unter den Vögeln, ihre Kotsiegel in den Hafer gesetzt hatten.

Ich hätte es, wie gesagt, wenn nicht wissen, dann ahnen müssen, daß Galbas Weigerung, in die Seebucht mit dem weißen Sand hineinzugehen, nicht grundlos war, aber ich spielte mich so recht als Herr und Mensch auf, als Herrscher über die Natur und die Kreatur. Vielleicht war ich mir selber nicht gut an jenem Spätnachmittag, vielleicht war mir in der Werkstatt bei der Arbeit was fehlgegangen und eben – ich spielte mich auf, brüllte Galba an, und der duckte sich wie ein Mensch, der gescholten wird.

Ja, wenn du so rabiat bist, mein Freund, schien der Hengst zu denken ... Pferde können nicht denken, sagt eine Parte von Zeitgenossen; eine andere Parte, besonders die Militärs, sagt: Das Denken überläßt man am besten den Pferden. Galba tat, wozu ich ihn zwang, er unterdrückte seinen Instinkt, tat einige Schritte in die Seebucht hinein, und wir waren beide im Morast verschwunden. Der weiße Sand war *Schminke*, unter ihm wars holl und boll, wie man hierzulande sagt. Ich kam aus dem Sattel und hielt, wie der Hengst, den Kopf mit Mühe aus dem Modder heraus. Galba wendete und hielt aufs Ufer zu. Ich konnte damals noch nicht schwimmen; schwimmen lernte ich erst mit sechzig Jahren zusammen mit meinem jüngsten Sohn – und eben damals konnte ich es noch nicht, und ich kannte das Urzeitgefühl nicht, das man hat, wenn man auf einem stillen Waldsee schwimmt und allein ist wie der erste Mensch; wenn der Fischadler über einem kreist, wenn die Schwäne mit singend schwingenden Flügelschlägen neben einem niedergehen; wenn man die Seewelt aus der Perspektive der Stockenten und Haubentaucher sieht. Nun aber schien mein Aufenthalt auf Erden zu

Ende zu gehen, während der Hengst an seinem Weiterleben arbeitete.

Und siehe, bei meiner Fuchtelei im Morast kriegte ich einen Steigbügelriemen zu packen und machte mich zum Nutznießer von Galbas Lebensrettungsversuchen, und ich hielt mich ein wenig abseits, so abseits wie es die Länge des Steigbügelriemens erlaubte, um den schlegelnden Beinen des Hengstes auszuweichen, von denen ich leicht hätte erschlagen werden können, und bald merkte ich, wie die Beine des Hengstes auf festen Seegrund kamen, und ich ließ mich schließlich von ihm an Land und Strand ziehen.

Da standen wir und zitterten beide, und meine Selbstvorwürfe, den Hengst gezwungen zu haben, etwas zu tun, was er nicht hatte tun wollen, zitterten mit, und ich bat den Hengst um Verzeihung, und ob er es nun verstand oder nicht, ich entschuldigte mich, denn so ist der Mensch, und so bin ich: erst herrisch, dann kläglich.

Solche gemeinsamen Erlebnisse am Lebensrand verbinden den Menschen nicht nur mit Mitmenschen, sondern Menschen auch mit Mit-Tieren.

Ich habe euch das Erlebnis mit Galba, es war nicht das einzige, erzählt, damit euch erkennbar wird, wie schwer es mir fiel, mich von diesem Hengst zu trennen.

Das Transportauto mit der Islandstute Flikka kam an. Der Hengst sollte fort. Ich versteckte mich, um nicht in laute Wehmut zu verfallen. Wird der Hengst, wenn du nicht dabei bist, auf den Transporter steigen? wurde ich gefragt.

Er wird, sagte ich. Und Galba stieg ohne Zögern und Stutzen auf den Transporter, weil er den Duft der jungen Islandstute in die Nase kriegte, die zuvor im Kasten gestanden hatte.

Ich fürchtete mich vor meiner wässerigen Wehleidigkeit, die zunimmt, je älter ich werde. Das Leben hat mich in dieser Hinsicht zu einem Scheußer gemacht. Ich verkroch mich in meine Schreib-Arbeit und wühlte mich in sie hinein, bis vom Geräusch des abfahrenden Lastwagens nichts mehr zu hören war, und als ich nach unten in die Gartenkoppel kam, stand dort die Islandjährlingin und wieherte.

Sie antwortete auf Galbas Wiehern, der auf seinem Transporter schon mitten in den Wäldern war, durch die er mich sonst getragen hatte. Ich hörte sein Wiehern schon längst nicht mehr, aber die Stute hörte es und antwortete, und ich empfand die Unzulänglichkeit der menschlichen Sinne in diesem Augenblick als einen Segen, kraulte der Islandstute den Stirnschopf und suchte sie von ihrem Widerwiehern abzulenken.

Die Stute wurde meine Trösterin, immer, wenn ich an meinen verstoßenen Hengst denken mußte, tröstete sie mich. Sie zeigte mir zum Beispiel, wie sie sich, obwohl sie doch hier bei uns und in einem gemäßigten Klima lebte, für einen isländischen Winter zurecht machte. Es war ihr tief eingeboren, sich schon Ende September einen dichten Winterpelz wachsen zu lassen. Alsdann fing sie an, auf ihren Namen zu reagieren. Flikka, Flikka, riefen wir, und einmal erhörte sie uns, und ein anderes Mal erhörte sie uns nicht, und wenn sie unsere Rufe verächtlich, wie es schien, nicht erhörte, war sie wohl damit beschäftigt, mit ihrer Einsamkeit, mit dem Verlust der kleinen Herde, in der sie gelebt hatte, fertig zu werden.

Bis zum Winter hatte Flikka einen dicken Pelz entwickelt und sah aus wie ein kleiner Kaltblüter, ihr wißt, wie jene Bierkutscherpferde, die es früher einmal gab. Ihr Auslauf war die große Gartenkoppel, in der vor Jahren unsere Shetlandponys ihre Winter verbracht hatten, und es gab dort noch den Unterstand dieser Pferdezwerge, den Unterstand mit den Raufen und den Krippen. Flikka suchte diesen Unterstand nur auf, um die Handvoll Körner aufzufressen, die wir ihr in der Dämmerung in die Krippe streuten. Heu und Haferstroh nahm sie lieber in der Koppel vom Erdboden auf statt aus den Raufen unter Dach.

Nach Frost- und Rauhreifnächten sah ich morgens einen Eisbären durch die Koppel trotten, und jetzt kam die Stute schon, wenn ich an den Koppelzaun trat, und forderte die Kleie-Pellets, mit denen ich sie verwöhnt hatte.

Bei pfeifenden Winter-Ostwinden fand ich Flikka niemals im Unterstand, wo unsere Shetländer früher in den Nächten zusammengedrängt gestanden hatten. Flikka lag, wie ein Polarhund, im Schneewirbel und ließ sich einschneien.

So verging der Winter. Und der Frühling kam heran. Flikka wurde zweijährig, und sie schabte sich an Bäumen und Zaunriegeln den Winterpelz herunter, und der Wind nahm die Wollbüschel auf und wehte sie durch die Koppel. Zuerst schleppte unsere Nebelkrähe aus dem Hochwald nebenan solche Flikka-Haarklumpen zu Neste. Diese Haus- und Nebelkrähe ist ihre hundert Jahre alt und hält sich für die eingestammte Bewohnerin unseres Anwesens. Wir sind für sie, meint unsere Dichterin, die Zugereisten und Störenfriede, die sie auch noch zu überleben gedenkt.

Alsdann polsterten die Spatzen und später die Buchfinken ihre Nester mit Flikka-Gewöll aus, und alle Vögel ringsum hatten ihr Gutes von der Isländerin, aber auch die Isländerin hatte ihr Gutes von den Singvögeln, nur das war nicht so ‹handgreiflich›, weil man nicht abschätzen kann, von wie vielen Mücken, Pferdebremsen und Hirschläusen Flikka dafür im Sommer verschont blieb, von wieviel Geziefer, das die Vögel wegfingen, um Gesang und Jungvögel draus zu machen. Die Vorgänge griffen wunderbar ineinander, ganz ohne unser Zutun und ohne daß die Tiere es bemerkten. Aber wir Menschen, wir Beobachter, wir Beherrscher der Natur, wie wir uns gern nennen, ohne daran zu denken, daß wir selber Natur sind, treiben Zutun und Einmischung, weil wir meinen, wir müßten der Natur unbedingt behilflich sein, und wir rücken an mit unserem Giftgestäub und Giftgesprüh, wir, die kleinen Götter.

Im Juni war Flikkas Fell wieder glatt und glänzte in der Sonne. Der Hufschmied kam, um der Isländerin das Hufhorn zu beschneiden, er fluchte über dessen Härte, aber die war Flikka über Generationen von Islandponys eingeerbt, und auch da hatten wieder, ohne Menschenzutun, zwei Zustände ineinandergegriffen: die Härte des isländischen Lavagesteins hatte die Ponys herausgefordert, harte Hufe zu entwickeln, damit sie zu den Weiden und Matten ins Gebirge klettern konnten.

Trotz der harten Hufe, die ihm zu schaffen machten, sagte der Hufschmied: Die hat sich aber rausgemacht! Beim ersten Ausschneiden, drei Monate zuvor, aber hatte er gesagt: Wat forn Dürrländer ham Se da jekooft? Wo sall dat lang?

Flikka hatte inzwischen eine breite Brust gekriegt; sie war über Winter das geworden, was man hier im Ländlein der Wälder und Seen ‹stukig› oder ‹handfest› nennt.

Als sie bei uns einzog, hatte sie einen Meter und zwanzig Zentimeter Widerristhöhe. Damit wir uns verstehen: Der Widerrist ist der kleine Buckel bei den Pferden am unteren Ende des Mähnenkammes. Jetzt im Frühling war Flikka einen Meter und sechsundzwanzig Zentimeter hoch, und wir hofften, daß sie so groß wie Malek-Adel werden würde. Malek-Adel hatte seinen

Namen aus einer Geschichte des russischen Dichters Turgenjew her. Er war ein Schimmelhengst, den wir dreijährig kauften und einritten. Er war so trittsicher, daß man mit ihm über glatteisige Wege galoppieren konnte; außerdem war er schön, und manche Besucher, die zu uns kamen, hielten ihn für einen zu klein gebliebenen Araberhengst.

Später hat Malek-Adel in Hoppegarten vielen Berliner Kindern das Reiten beibringen helfen, denn zum Reitenlernen gehört außer einem Reitlehrer auch ein eingerittenes feinfühliges Pferd.

Jetzt will ich nach rechts reiten, denkt der Reitlehrling (nach rechts abbrechen, sagen die Reiter), und das Pferd geht schon nach rechts, ohne daß der Reitlehrling, der noch überlegen muß, welchen Schenkeldruck er zum Rechtsabbrechen zu geben hat, diese Hilfe gab.

Wissenschaftler haben herausgekriegt, daß da sogenannte Bioströme mit Hilfe der Nerven (schon wenn man vorausbedenkt, was für eine Bewegung man machen will), ganz, ganz leise

Muskelschwingungen auslösen, und die spürt man selber nicht, aber das gut eingerittene Pferd spürt sie. Wissenschaftler, die so etwas rauskriegen und damit gleichzeitig den Schlüssel zu dem Geheimnis der Gedankenübertragung in der Tasche tragen, lasse ich mir gefallen.

Der volle Frühling ist da. Die Feldlerchen sind schon herab von ihren Liebesleitern; die Brutpflege hat sie wieder irdisch gemacht. Unsere Flikka muß allein und allein sein. Das dauert mich. Der Versuch, sie mit der Araberstute Recha und deren Hengstfohlen zusammen auf die Weide gehen zu lassen, glückte nicht. Flikkas Annäherungsversuche an das Fohlen reizten die Araberin, die Isländerin mit Hufen und Zähnen zu bedrohen. Wir gaben Flikka einen jungen Fjordpferd-Wallach, einen Norweger, aus dem Berliner Tierpark bei, schoben ihn in ihre Einsamkeit hinein.

Der löwengelbe Norweger mit dem dunklen Rückenstrich, mit dem Aalstrich, der sich sogar durch die Mähne dieser Pferdeart zieht, war um ein Jahr jünger als Flikka. Er hatte es nicht leicht mit ihr: er, der Flikka die Einsamkeit vertreiben sollte, wurde zunächst von der Isländerin getrieben. Der Wallach zeigte mit Lippenbeben (mit Flemen) Ergebenheit an und wurde von Flikka trotzdem behandelt wie früher ein Handwerkerlehrling im ersten Lehrjahr, und das blieb bis in den Hochsommer so.

Man ist selten dabei, wenn Pferde etwas miteinander bereden. Jedenfalls entdeckte ich eines Morgens, als ich die beiden Nordländer auf ihrer Koppel besuchte, wie sie einander mit den Zähnen das Fell kraulten. SOZIALE HAUTPFLEGE nennen die Verhaltensforscher diesen Vorgang. Die Pferde wissen nichts davon und werden auch nie erfahren, daß sie da so etwas Gelehrtes betreiben. Bei ihnen heißt es vielleicht: Juckst du mir – juck ich dir.

Ende September ließ Flikka sich bereits wieder ihren Pelzmantel für den kommenden Winter wachsen. Wir maßen sie (nahmen ihr das Stockmaß ab), stellten sie auf die ebenste Seite unseres

Hofes, die Stelle, die unsere Söhne das Scheunenglatt nennen. Flikka war (ohne Selbstbetrug) einen Meter und achtundzwanzig Zentimeter hoch. Die gleiche Höhe hatte ihr Weidegefährte, der Norweger Olafur, erreicht.

Der Oktober hat nach der menschlichen Jahreseinteilung schon Frühherbst zu sein, aber der heurige war ein Sommer-Verwandter. Er gab an Abenden den Glühwürmern noch Tanzgelegenheiten und ließ den Löwenzahn eine dritte Generation Blüten treiben, und das Gras schob einen dritten Schnitt und war noch ostergrün, und die Stare waren noch nicht zurück von ihrer Abreisekonferenz, die sie alljährlich an der Müritz oder sonstwo abhalten. Flikka und Olafur, die Fohlenknospen, waren zu Jungpferden erblüht. Der dritte Grasschub ermöglichte uns, die herrenlose Wiese hinter dem Friedhof, auf der sonst Bauernkühe weiden, für die Jungpferde einzuzäunen.

Wir sind auf unserem Vorwerk nur zwölf Einwohner und haben doch einen eigenen Friedhof, und der liegt auf einem Hügel. Von meiner Arbeitsstube, im Obergeschoß des Hauses, aus kann ich nach allen vier Himmelsrichtungen sehen.

Ich sitze dort wie ein Feuerwächter, und das ist gewollt; aber in die Wiese, die jetzt Flikka und Olafur beweiden, kann ich nicht einsehen; der Friedhofshügel verwehrt es mir.

Meine beste Arbeitszeit ist morgens von fünf bis sieben Uhr. Da ist es ruhig ringsumher, und ich habs mit dem Zittern der Stille zu tun. Später führe ich Äsop, den Dalmatinerhund, ab und mache gleichzeitig meine Pferdebesuche.

An einem Sonntagmorgen sind alle Hunde unseres Vorwerks aufgeregt, auch Äsop. Von hinterm Friedhof kam ein Pferdewiehern. Es war Flikkas Wiehern. Es flog über das Vorwerk hinweg, und jeder, der es hörte, machte daraus, was er wollte. Für die meisten Einwohner unseres Vorwerks wird es ein Pferdewiehern gewesen sein, das zu einem Sommermorgen gehört wie ein Hahnenschrei. Für mich war das Wiehern wie ein Hilferuf.

Es gibt alte Geschichten, in denen behauptet wird, daß Hunde Gespenster sehen, Erscheinungen, die der Mensch nicht sieht. Ich schließe mich dieser Behauptung an, nur meine ich, daß Hunde wirklich Wesen sehen, und zwar mit der Nase. Sie nehmen mit ihr den erriechbaren Abrieb dieser Wesen wahr, der noch eine Weile auf dem Erdboden bleibt oder in der Luft umhersteht, und aus diesen Tatsachen sind die ‹Gespenster› gemacht.

Das wehleidige Wiehern Flikkas beunruhigte mich. Ich stieg auf den Friedhofshügel und sah, daß die Elektrokoppel unter mir leer war. Ein Sonntagvormittagsgespenst hatte hinter dem Friedhof gearbeitet und die Pferde in die Wälder getrieben. An der Stelle, wo wir eine niedrige Hecke, einige Jungbirken und Brombeersträucher mit eingezäunt hatten, waren die Koppeldrähte zerrissen. Es mußte ein kräftiges Gespenst gewesen sein, das die Pferde gegen den ihnen widerlichen Elektrostrom hatte anrennen und sie den Draht hatte zerreißen lassen.

Wir gehen auf Pferdesuche, Holger und ich. Wir nehmen die Spuren auf. Die Hufabdrücke der Ponys sehen aus wie die Umrißzeichnungen von Milchbrötchen. Sie liegen vor uns auf dem Weg und unterscheiden sich in der Form wenig voneinander, und doch kann ich erkennen, welche Flikkas und welche Olafurs Hufabdrücke sind. Bei Flikka liegen die Hinterhuf-Abdrücke zwanzig Zentimeter vor den Vorderhuf-Abdrükken. Sie hat einen solchen Vorwärtsdrang, daß die Hinterhandschritte über die Vorhandschritte hinausgreifen. Sie tritt über, sagen die Pferdemänner, sie hat gute Gänge, sagen sie.

Bei Olafur decken sich die Abdrücke der Hinterhand mit denen der Vorderhand; er hat keinen fördernden Schritt, seine Hinterhand hat keinen guten Schub, heißt es.

Aber was mit den Fußabdrücken ohne die dazugehörenden Pferde? Von Zeit zu Zeit verlieren sich die Spuren. Sind die Pferde geflogen? Hat sich hier die Sage vom Dichter-Roß *Pegasus* verwirklicht? Keineswegs. Flikka und Olafur sind eine Weile auf dem Wegrand im Gras oder im Wald gelaufen, denn später stoßen wir auf ihre Spuren wieder im Sandweg. Aber schließlich verlieren sie sich doch ganz. Die Pferde müssen in den Wald hineingerannt sein und müssen ihn durchquert haben. Jenseits des Waldes werden die Spuren wieder auftauchen, vermute ich; es ist nicht meine erste Ponysuche.

Wir holen das Auto und befahren die Waldwege, bis wir wieder auf Ponyspuren stoßen. Jetzt führen sie klar und ohne Abweichungen vorwärts und auf die Asphaltstraße zu, die zur kleinen Stadt hinter den Wäldern führt.

Nur das nicht! denke ich und stelle mir vor, was geschehen kann: Auf dieser Waldchaussee summen, wie Bienen, die zum Stock und wieder ausfahren, an einem Sonntagmorgen die Touristenautos hin und her. Die kleine Stadt hinter den Wäldern wird aus mancherlei Gründen von Touristen durchtrampelt. Es gibt dort ein Schloß, in dem ein preußischer König ein paar seiner Jugendtage verbrachte. Jetzt verbringen in einem

Nebengebäude dieses Schlosses Diabetiker ihre Kurtage, und an Sonntagen kommen ihre Angehörigen zu Besuch. Drittens hat ein Dichter, namens Tucholsky, eine Liebesgeschichte geschrieben, die in der kleinen Stadt hinter den Wäldern spielt. Die Geschichte ist anspruchslos, aber sie wird gelesen und gelesen, weil Männchen und Weibchen sich noch immer lieben wie vor sechzig Jahren, als die Geschichte geschrieben wurde. Meinen Sie das Tucholskysche Rheinsberg? wird man von Literaturkennern gefragt, wenn sie hören, daß man dort hinten wohnt. Ein Teil der Autos, die an Sonntagen auf der Waldchaussee entlang brummen, wird also von Poesie-Suche angetrieben. Ihre Insassen hoffen noch ein paar Partikelchen Liebe von dem Paar, das Tucholsky erfand, in der kleinen Stadt aufzustöbern. Ach ja! Ach ja! Und was wird geschehen, wenn unsere Ponys zwischen all diese Autos geraten, deren Betreiber, angetrieben von ihren Erwartungen, auf die kleine Stadt zutreiben?

Zufrieden stellen wir fest, daß die Spuren auf

dem Waldweg kurz vor der asphaltierten Straße in eine versteckte Waldwiese hineinführen, und da, und da sehen wir die Ponys hinten, ganz hinten grasen. Wir nehmen die Halfter aus dem Auto und rufen und locken und pürschen uns an, und wir sind so besessen von unserem Wunsch, die Ponys wiederzuhaben, und bemerken nicht, daß es sich um die Ponys eines Bauern handelt, der hinten auf der Wiese arbeitet, und wir werden von Enttäuschung geschüttelt. Unser Eifer hat uns verblendet. Wir hatten nicht bemerkt, daß es sich zuletzt nicht mehr um die Spuren von Flikka und Olafur handelte, die wir verfolgten.

Nun sollten wir wohl warten, bis die Ausreißer von selber heimkommen würden. Auch das habe ich mehrmals erlebt. Wir züchten seit dreißig Jahren Ponys, wir kennen ihr gutes Ortsgedächtnis. Sie umkreisen große Gebiete, grasen zwischendrein und laufen weiter, bis sie auf einen Punkt in der Landschaft stoßen, an dem sie schon einmal gewesen sind, und von dort rennen sie stracks heim. Sie verfahren nach dem Prinzip der

Brieftauben, die, wohin man sie auch schickt, in der Regel wieder zu ihrem Schlag zurückfinden.

Meist treffen die Ponys bei ihrer umständlichen ‹Aktion›, ihren Stall wiederzufinden, auf Menschen, in denen Hilfsbereitschaft zugange ist, oder solche, in denen Jäger und Fänger auf der Lauer liegen, und die locken die Pferde an und fangen sie ein.

Am Nachmittag machten wir uns doch wieder auf die Suche. Holger ritt auf der Fjordpferdstute Inka und ‹bearbeitete› die unwegsame Umgebung. Ich fuhr mit dem Auto und suchte alle Waldwiesen rechts und links der Wege ab, vor allem solche, in denen ich bei früheren Ponysuchen schon Ausreißer gefunden hatte. Aussteigen, einsteigen, fahren, laufen, suchen – so den Nachmittag lang und wieder nach Hause. Dann nochmals zu Fuß mit dem Dalmatiner Äsop in die Torfwiesen. Die Pferde – nirgendwo. Ich habe, wie gesagt, viele erfolgreiche Pferdesuchen hinter mir, und doch überfällt mich immer wieder die Befürchtung, es könnte einmal so sein, daß die

Tiere nicht mehr zu finden wären, und hier nun werde ich gewahr, wie sehr mich der Verlust, besonders der von Flikka, aber auch der von Olafur, schmerzen würde. Sie sind für mich schon Persönlichkeiten.

Je länger ich suche, desto stärker werden meine Halluzinationen: Ein Waldschmetterling, der eine buschige Kiefer umkreist, wird (aus der Ferne gesehen) zum Ohr eines hinter dem Busch hervorlugenden Ponys. Aus einem Wiesenstück mit gilbenden Schilfhalmen entsteht für mich der falbe Olafur. Alles, was sich in den Wäldern bewegt, wird zum Teil eines Pferdes. Und immer wieder stelle ich mir vor, wie froh ich sein werde, wenn ich die Pferde finde. Dann wieder suche ich mich in Gleichmut zu üben: Wenn es sein soll, denke ich, wirst du die Tiere trotz aller Bemühungen nicht finden, wenn es aber sein soll, laufen sie dir zu, wenn du eine Weile nicht mehr an sie denkst. Und ich überlasse mich dem Gleichmut: Heute ist alles getan, was getan werden konnte, denke ich und ziehe mich zurück und überlasse das Auffinden der Ponys der Zeit, der Nacht, dem Leben. Ich gehe nach Hause. Die Dämmerung zieht herauf, und da kommt die Nachricht, die Ponys sind in einem Maisfeld in der Nähe des Hauptdorfes gesehen worden, sie sind auf dem Wege zu ihrem Stall. Wir fahren ins Dorf. Unterwegs kommen uns zwei junge Bauern entgegen. Sie haben die angeleinten Ponys bei sich und berichten, mit welcher List sie sie fingen. Wir danken, und die Ponysuche endet mit Gelächter.

Acht Tage später entdeckt Holger an Flikkas Nasenrücken einen kleinen Schorf. Auf dem Schorf sitzt eine weiße Kuppe. Holger entfernt den Schorf vorsichtig. Die weiße Kuppe bleibt. Sie steckt in der Pferdehaut. Holger zieht sie heraus. Es ist der Eckzahn eines Raubtieres.

Es geht uns auf: Die Ponys sind acht Tage zuvor nicht aus Übermut ausgebrochen, sie wurden angefallen. Ein Raubtier hat Flikka gebissen und verlor dabei den zentimeterlangen Zahn. War das Raubtier tollwütig, oder wehrte es sich nur, als es von den neugierigen Pferden im Gebüsch bedrängt wurde?

Ich verwahre den Zahn. Wir desinfizieren uns die Hände. Wieder einmal langes Abwarten wie damals, als streunende Jungfüchse mit unseren jungen Schnauzern aus einem Futternapf fraßen. Damals ging es gut aus. Die Jungfüchse waren mutterlos und wurden vom Hunger an das Hundefutter getrieben.

Als unser Dalmatiner Assan sich mit einem Fuchs gerauft hatte, mußte er erschossen werden, weil wir auf eine längere Reise gehen sollten und die Quarantänevorschriften nicht erfüllen konnten. Würde ich nun auch Flikka erschießen lassen müssen, weil der abgebrochene Raubtierzahn ... Ich mußte nicht verreisen, und die Stute ging munter umher und weidete und kam angetrabt und begrüßte mich wiehernd, wenn ich zur Koppel kam, und ihr Fell glänzte in der Sonne. Wir vermieden es, ihr wie früher Hartbrotbrokken aus der Hand zu geben, für den Fall, daß der Tod in ihr umging und im Pferdespeichel darauf lauerte, auch uns anzugehen. Wir warteten bang, gebe ich zu, und hofften auf einen guten Ausgang.

Fünfzehn Tage vergingen, und unsere Hoffnung steigerte sich zur leisen Gewißheit: Es ist nichts! Was wollt ihr?

Dann jener Morgen, an dem sich Flikka ein wenig unruhiger zu verhalten schien als sonst. Sie nahm die Brotbrocken vom Wiesenboden auf, fraß auch, aber scharrte zwischendrein nervös. Ich deutete ihr Scharren als Mahnung: He, kein Gras mehr! Die Weide war kahl gefressen. Die Pferde mußten umgesetzt werden.

Holger war dabei, ein neues Weidestück einzukoppeln. Der Vormittag war noch nicht halb, da sah er die Isländerin auf dem Waldweg herantraben. Sie war ausgebrochen. Er fing sie ein, doch als er ihr einen Halfter anlegen wollte, warf sie sich hin, stöhnte und schlug um sich. Nach einer Weile beruhigte sie sich, ließ sich aufhalftern, und Holger führte sie in die Elektrokoppel zurück. Aber die Anfälle wiederholten sich. Flikka warf sich hin, atmete in kurzen Stößen und fing an zu schwitzen. Wir holten die Ponys heim und isolierten sie in der Manegenkoppel.

Freund Wolfgang, der Tierarzt, kam. Er vermutete Kolik. Ich ließ ihn nicht an die Stute herangehen. Es wurde nötig, ihm von dem gefundenen Raubtierzahn zu berichten. Flikkas Krampfzustände verlängerten sich, und sie fing an, nach dem Wallach Olafur zu schnappen, doch wenn er sich ihr näherte, schmeichelte sie mit ihm.

Es dämmerte, wir standen am Lattenzaun und beobachteten. Ob ein Tier wirklich Tollwut hatte, läßt sich erst sagen, wenn es tot und sein Hirn untersucht ist. Freund Wolfgang, nicht weniger pferdenärrisch als ich, litt mit und erwog: Und wenn es sich nun doch nur um eine schwere Kolik handelt? Sollte man da nicht versuchen, der Stute durch die Injektion eines entkrampfenden Mittels Erleichterung zu verschaffen?

Wir gingen zu dritt in die Koppel, trugen Handschuhe und pürschten uns an die Stute heran. Wir waren drei von den sieben Schwaben und versuchten den Tollwutteufel zu überlisten, aber Flikka kam mit zurückgelegten Ohren und willens zu schnappen auf uns los, und wir mußten uns zurückziehen.

Wieder standen wir außerhalb der Koppel am Lattenzaun und beobachteten. Mußte die Stute also, ohne daß wir ihr helfen konnten, verenden? Verenden – dieses milde Wort für krepieren. Ach, wäre es doch nur eine schwere Kolik!

Nachts ging ich mehrmals zur Koppel und leuchtete hinein. Ich sägte mit der Taschenlampe einen Lichtkeil in die Neumondfinsternis. Flikka graste. Es hatte den Anschein, als hätte sie doch nur eine Kolik gehabt, und die wäre jetzt vorüber. Aber nach zehn Minuten warf sie sich wieder hin und stöhnte, und sie wälzte sich, aber jetzt wälzte sie sich nicht mehr, wie sich Pferde wälzen, wenn sie ihr Fell pflegen oder Kolik haben, nämlich auf dem Rücken liegend nach rechts und nach links, sondern sie rollte durch die Manege, überschlug sich, rollte und rollte. Das ging so die ganze Nacht: Friedliches Grasen und irres Umherrollen. Immer wieder Wechsel von Hoffnung und Enttäuschung. Die Füße wurden mir schwer, und ich alterte nach jedem Gang zur Koppel.

Am Morgen begann es zu regnen. Ich saß am Küchentisch, konnte nicht essen und sah zur Manegenkoppel hinunter, sah die mit dem Tod kämpfende Flikka bald aufrecht stehen und nach allen Seiten schnappen, als bestünde der nahende Tod aus einem Schwarm andringender Pferdebremsen, bald war sie verschwunden, weil sie am Boden lag und sich über den Rasen wälzte. Das löwenfarbene Fell des Nordlandwallachs leuchtete trotz Regen und Nässe zu mir herüber. Er stand beiseite und sah nieder auf die sich um und um wälzende Weidegefährtin.

Ich weiß, daß es für einen Bewohner des Wissenschaftlichen Jahrhunderts unzulässig ist, menschliche und tierische Gefühle für dekkungsgleich zu halten, doch ich, ein Beobachtungssüchtiger, weiß, daß auch Tiere Ahnungen haben. Von Schläulingen werden sie in das Riesenreich der Instinkte verwiesen. Der naive Nordlandwallach, der noch mit einer Pferdekinderstimme wieherte, er ahnte etwas.

Dann erhob sich Flikka nicht mehr. Ich sah nur noch ihren Schweif, mit dem sie das Unsichtbare, das ihr Schmerzen verursachte, peitschte, und dann blieben auch die Schweifbewegungen aus.

Ich ging zur Koppel. Flikka lag im Hufschlag der Manege, die Lippen zurückgezogen, die bräunlichen Zähne bleckend, die Augen lichtgrau lasiert – das Markzeichen des Todes.

Das ist die Geschichte von der allzu kurzen Freude, die mir eine junge Islandstute machte, auf der ich in meinen letzten Lebenstagen durch die Wälder reiten wollte, und von deren tollwütigem Tod, in den sie ihren Weidegefährten mit hineinriß, und das ist das Ereignis, das mich wieder zum Schreiben brachte, das den Stein aus dem Quelloch des Brunnens trieb, von dem ich euch anfangs erzählte.

ISBN 3-351-02220-4

1. Auflage 1992

Gesamtgestaltung Hans-Joachim Schauß
Satz Dörlemann-Satz, Lemförde
Schrift 11/16p Trump-Mediäval
Druck und Binden Offizin Andersen Nexö Leipzig GmbH
Printed in Germany